Pedro Antonio de Alarcón

Moros y cristianos

Barcelona **2024**
Linkgua-ediciones.com

Créditos

Título original: Moros y cristianos.

© 2024, Red ediciones S.L.

e-mail: info@Linkgua-ediciones.com

Diseño de cubierta: Michel Mallard.

ISBN rústica: 978-84-96290-05-1.
ISBN ebook: 978-84-9953-351-3.

Sumario

Brevísima presentación

La vida

Pedro Antonio de Alarcón (Guadix, Granada, 1833-Madrid, 1891). España. Hizo periodismo y literatura. Su actividad antimonárquica lo llevó a participar en el grupo revolucionario granadino «la cuerda floja».

Intervino en un levantamiento liberal en Vicálvaro, en 1854, y —además de distribuir armas entre la población y ocupar el Ayuntamiento y la Capitanía general— fundó el periódico La Redención, con una actitud hostil al clero y al ejército. Tras el fracaso del levantamiento, se fue a Madrid y dirigió El Látigo, periódico de carácter satírico que se distinguió por sus ataques a la reina Isabel II.

Sus convicciones republicanas lo implicaron en un duelo que trastornó su vida, desde entonces adoptó posiciones conservadoras. Aunque no parezca muy ortodoxo, en el prólogo a una edición de 1912 Alarcón es considerado un escritor romántico.

Esta obra es un retrato de las relaciones entre el Islam y Occidente. Moros y cristianos tuvo una versión en zarzuela, estrenada en 1905 con guión de Maximiliano Tous y música de José Serrano.

I

La antes famosa y ya poco nombrada villa de Aldeire forma parte del marquesado de Cenet, o, como si dijéramos, del respaldo de la Alpujarra, hacia Levante, y está medio colgada, medio escondida, en un escalón o barranco de la formidable mole central de Sierra Nevada, a cinco o seis mil pies sobre el nivel del mar y seis o siete mil por debajo de las eternas nieves del Mulhacen.

Aldeire, dicho sea con perdón de su señor cura, es un pueblo morisco. Que fue moro, lo dice claramente su nombre, su situación y su estructura; y que no ha llegado aún a ser enteramente cristiano, aunque figure en la España reconquistada y tenga su iglesita católica y sus cofradías de la Virgen, de Jesús y de no pocos santos y santas, lo demuestran el carácter y costumbres de sus moradores, las pasiones terribles cuanto quiméricas que los unen o separan en perpetuos bandos, y los lúgubres ojos negros, pálida tez y escaso hablar y reír de mujeres, hombres y niños...

Porque bueno será recordar, para que ni dicho señor cura ni nadie ponga en cuarentena la solidez de este razonamiento, que los moriscos del marquesado del Cenet no fueron expulsados en totalidad como los de la Alpujarra, sino que muchos de ellos lograron quedarse allí agazapados y escondidos gracias a la prudencia o cobardía con que desoyeron el temerario y heroico grito de su malhadado príncipe Aben-Humeya; de donde yo deduzco que el tío Juan Gómez Hormiga, alcalde constitucional de Aldeire en el año de gracia de 1821, podía muy bien ser nieto de algún Mustafá, Mahommed o cosa por el estilo.

Cuéntase, pues, que el tal Juan Gómez, hombre a la sazón de más de media centuria, rústico muy avisado aunque no entendía de letra, y codicioso y trabajador con fruto, como lo acreditaba, no solamente su apodo, sino también su mucha hacienda, por él adquirida a fuerza de buenas o malas artes, y representada en las mejores suertes de tierra de aquella jurisdicción, tomó a censo enfitéutico del caudal de Propios, y casi de balde, mediante algunas gallinas no ponedoras que regaló al secretario del ayuntamiento, unos secanos situados a las inmediaciones de la villa, en medio de los cuales veíanse los restos y escombros de un antiguo castillejo, morabito o atalaya árabe, cuyo nombre era todavía La torre del moro.

Excusado es decir que el tío Hormiga no se detuvo ni un instante a pensar en qué moro sería aquél, ni en la índole o prístino objeto de la arruinada construcción; lo único que vio desde luego más claro que el agua fue que con tantas desmoronadas piedras, y con las que él desmoronara, podía hacer allí un hermoso y muy seguro corral para sus ganados; por lo que desde el día siguiente, y como recreo muy propio de quien tan económico era, dedicó las tardes a derribar por sí mismo, y a sus solas, lo que en pie quedaba del vetusto edificio arábigo.

—¡Te vas a reventar! —le decía su mujer, al verlo llegar por la noche lleno de polvo y de sudor, y con la barra de hierro oculta bajo la capa...

—¡Al contrario! —respondía él—. Este ejercicio me conviene para no podrirme como nuestros hijos los estudiantes, que, según me ha dicho el estanquero, estaban la otra noche en el teatro de Granada y tenían un color de manteca que daba asco mirarlos...

—¡Pobres! ¡De tanto estudiar! Pero a ti debía de darte vergüenza de trabajar como un peón siendo el más rico del pueblo, alcalde por añadidura.

—Por eso voy solo... ¡A ver!... Acércame esa ensalada...

—Sin embargo, convendría que te ayudase alguien. ¡Vas a echar un siglo en derribar la torre, y hasta quizás no sepas componértelas para volcarla toda!...

—¡No digas simplezas, Torcuata! Cuando se trate de construir la tapia del corral pagaré jornales, y hasta llevaré un maestro alarife... ¡Pero derribar sabe cualquiera! Y es tan divertido destruir!... ¡Vaya!..., ¡quita la mesa y acostémonos!...

—Eso lo dices porque eres hombre. ¡A mí me da miedo y lástima todo lo que es deshacer!

—¡Debilidades de vieja! ¡Si supieras tú cuántas cosas hay que deshacer en este mundo!

—¡Calla, francmasón! ¡En mal hora te han elegido alcalde! ¡Verás como, el día que vuelvan a mandar los realistas, te ahorca el rey absoluto!

—¡Eso lo veremos! ¡Santurrona! ¡Beata! ¡Lechuza! ¡Vaya!: apaga esa luz, y no te santigües más..., que tengo mucho sueño.

Y así continuaban los diálogos hasta que se dormía uno de los dos consortes.

II

Una tarde regresó de su faena el tío Hormiga muy preocupado y caviloso y más temprano que de costumbre.

Su mujer aguardó a que despachase a los mozos de labor para preguntarle qué tenía, y él respondió enseñándole un tubo de plomo con tapadera, por el estilo del cañuto de un licenciado del ejército; sacó de allí y desarrolló cuidadosamente un amarillento pergamino escrito en caracteres muy enrevesados, y dijo con imponente seriedad:

—Yo no sé leer, ni tan siquiera en castellano, que es la lengua más clara del mundo; pero el diablo me lleve si esta escritura no es de moros.

—¿Es decir, que la has encontrado en la torre?

—No lo digo solo por eso, sino porque estos garrapatos no se parecen a ninguno de los que he visto hacer a gente cristiana.

La mujer de Juan Gómez miró y olió el pergamino y exclamó con una seguridad tan cómica como gratuita:

—¡De moros es!

Pasado un rato, añadió melancólicamente:

—Aunque también me estorba a mí lo negro, juraría que tenemos en las manos, la licencia absoluta de algún soldado de Mahoma, que ya estará en los profundos infiernos.

—¿Lo dices por el cañuto de plomo?

—Por el cañuto lo digo.

—Pues te equivocas de medio a medio, amiga Torcuata; porque ni los moros entraban en quintas, según me ha dicho varias veces nuestro hijo Agustín, ni esto es una licencia absoluta. Esto es... un...

El tío Hormiga miró en torno suyo, bajó la voz y dijo con entera fe:

—¡Estas son las señas de un tesoro!

—¡Tienes razón! —respondió la mujer, súbitamente inflamada por la misma creencia. ¿Y lo has encontrado ya? ¿Es muy grande? ¿Lo has vuelto a tapar bien? ¿Son monedas de plata o de oro? ¿Crees tú que pasarán todavía? ¡Qué felicidad para nuestros hijos! ¡Como van a gastar y a triunfar en Granada y en Madrid! ¡Yo quiero ver eso! Vamos allá... Esta noche hace Luna.

—¡Mujer de Dios! ¡Sosiégate! ¿Cómo quieres que haya topado ya con el tesoro guiándome por estas señas, si yo no sé leer en moro ni en cristiano?

—¡Es verdad! Pues mira... Haz una cosa: en cuanto Dios eche sus luces, apareja un buen mulo; pasa la sierra por el puerto de la Ragua, que dicen está bueno, y llegate a Ugíjar, a casa de nuestro compadre don Matías Quesada, el cual sabes entiende de todo... Él te pondrá en claro ese papel y te dará buenos consejos, como siempre.

—¡Mis dineros me cuestan todos sus consejos a pesar de nuestro compadrazgo!... Pero, en fin, lo mismo había pensado yo. Mañana iré a Ugíjar, y a la noche estaré aquí de vuelta; pues todo será apretar un poco a la caballería...

—Pero ¡cuidado que le expliques bien las cosas!...

—Poco tengo que explicarle. El cañuto estaba escondido en un hueco o nicho revestido de azulejos como los de Valencia, formado en el espesor de una pared. He derribado todo aquel lienzo, y nada más de particular he hallado. Debajo de lo ya destruido comienza la obra de sillería de los cimientos, cuyas enormes piedras, de más de vara en cuadro, no removerán fácilmente dos ni tres personas de puños tan buenos como los míos. Por consiguiente, es necesario saber de una manera fija en qué punto estaba escondido el tesoro, so pena de tener que arrancar con ayuda de vecinos todos los cimientos de la torre...

—¡Nada! ¡Nada! ¡A Ugíjar en cuanto amanezca! Ofrécele a nuestro compadre una parte..., no muy larga, de lo que hallemos, y, cuando sepamos dónde hay que excavar, yo misma te ayudaré a arrancar piedras de sillería. ¡Hijos de mi alma! ¡Todo para ellos! Por lo que a mí toca, solo siento si habrá algo que sea pecado en esto que hablamos en voz baja.

—¿Qué pecado puede haber, grandísima tonta?

—No sé explicártelo... Pero los tesoros me habían parecido siempre cosa del demonio, o de duendes... Además ¡tomaste a censo aquel terreno por tan poco rédito al año!... ¡Todo el pueblo dice hubo trampa en tal negocio!

—¡Eso es cuenta del secretario y de los concejales! Ellos me hicieron la escritura.

—Por otro lado, tengo entendido que de los tesoros hay que dar parte al rey...

—Eso es cuando no se hallan en terreno propio como este mío...

—¡Propio! ¡Propio!... ¡A saber de quién sería esa torre que te ha vendido el ayuntamiento!...

—¡Toma! ¡Del Moro!

—¡A saber quién sería ese Moro!... Por de pronto, Juan, las monedas que el Moro escondiera en su casa serían suyas o de sus herederos; no tuyas, ni mías...

—¡Estás diciendo disparates! ¡Por esa cuenta no debía yo ser alcalde de Aldeire, sino el que lo era el año pasado cuando se pronunció Riego! ¡Por esa cuenta, habría que mandar todos los años a África, a los descendientes de los moros, las rentas que produjesen las vegas de Granada, de Guadix y de centenares de pueblos!...

—¡Puede que tengas razón!... En fin, ve a Ugíjar, y el compadre te aconsejará lo mejor en todo.

III

Ugíjar dista de Aldeire cosa de cuatro leguas de muy mal camino. No serían, sin embargo, las nueve de la siguiente mañana, cuando el tío Juan Gómez, vestido con su calzón corto de punto azul y sus bordadas botas blancas de los días de fiesta, hallábase ya en el despacho de don Matías de Quesada, hombre de mucha edad y mucha salud, doctor en ambos derechos y autor de la mayor parte de los entuertos contra la justicia que se hacían por entonces en aquella tierra. Había sido toda su vida lo que se llama un abogado picapleitos, y estaba riquísimo y muy bien relacionado en Granada y Madrid.

Oído que hubo la historia de su digno compadre, y después de examinar atentamente el pergamino, díjole que, en su opinión, nada de aquello olía a tesoro; que el nicho en que halló el tubo debió de ser un babuchero, y que el escrito le parecía una especie de oración que los moros suelen leer todos los viernes por la mañana... Pero, sin embargo, no siéndole a él completamente conocida la lengua árabe, remitiría el documento a Madrid a un condiscípulo suyo que estaba empleado en la comisaría de los Santos Lugares, a fin de que lo enviara a Jerusalén, donde lo traducirían al castellano; por todo lo cual sería conveniente mandarle al madrileño un par de onzas de oro en letra, para una jícara de chocolate.

Mucho lo pensó el tío Juan Gómez antes de pagar un chocolate tan caro (que resultaba a diez mil doscientos cuarenta reales la libra); pero tenía tal seguridad en lo del tesoro (y a fe que no se equivocaba, según después veremos), que sacó de la faja ocho monedillas de a cuatro duros y se las entregó al abogado, quien las pesó una por una antes de guardárselas en el bolsillo; con lo que el tío Hormiga tomó la vuelta de Aldeire decidido a seguir excavando en la Torre del moro, mientras tanto que enviaban el pergamino a Tierra Santa y volvía de allá traducido; diligencias en que, según el letrado, se tardaría cosa de año y medio.

IV

No bien había vuelto la espalda el tío Juan, cuando su compadre y asesor cogió la pluma y escribió la siguiente carta, comenzando por el sobre:

«Señor don Bonifacio Tudela y González, maestro de capilla de la santa Iglesia Catedral de Ceuta.

»Mi querido sobrino político:

Solamente a un hombre de tu religiosidad confiaría yo el importantísimo secreto contenido en el documento adjunto. Dígolo porque indudablemente están escritas en él las señas de un tesoro, de que te daré alguna parte si llego a descubrirlo con tu ayuda. Para ello es necesario que busques un moro que traduzca ese pergamino, y que me mandes la traducción en carta certificada, sin enterar a nadie del asunto, como no sea a tu mujer, que me consta es persona reservada.

»Perdona que no te haya escrito en tantos años; pero bien conoces mis muchos quehaceres. Tu tía sigue rezando por ti todas las noches al tiempo de acostarse. Que estés mejor del dolor de estomago que padecías en 1806, y sabes que te quiere tu tío político,

Matías de Quesada

15 de enero de 1821.

Posdata. Expresiones a Pepa; y dime si habéis tenido hijos.»

Escrita la precedente carta, el insigne jurisconsulto pasó a la cocina, donde su mujer estaba haciendo calceta y cuidando el puchero, y díjole las siguientes expresiones en tono muy áspero y desabrido, después de echarle en la falda las ocho monedas de a cuatro duros que ya conocemos:

Encarnación, ahí tienes: compra más trigo, que va a subir en los meses mayores, y procura que lo midan bien. Hazme de almorzar mientras yo voy a echar al correo esta carta para Sevilla, preguntando los precios de la cebada. ¡Que el huevo esté bien frito y el chocolate claro! ¡No tengamos la de todos los días!

La mujer del abogado no respondió palabra, y siguió haciendo calceta como un autómata.

V

Dos semanas después, un hermosísimo día de enero, como solo los hay en el Norte de África y en el Sur de Europa, tomaba el Sol en la azotea de su casa de dos pisos el maestro de capilla de la catedral de Ceuta, con la tranquilidad de quien ha tocado el órgano en misa mayor y se ha comido luego una libra de boquerones, otra de carne y otra de pan, con su correspondiente, dosis de vino de Tarifa.

El buen músico, gordo como un cebón y colorado como una remolacha, digería penosamente, paseando su turbia mirada de apoplético por el magnífico panorama del Mediterráneo, y del Estrecho de Gibraltar, del maldecido Peñón que le da nombre, de las cercanas cumbres de Anghera y Benzú y de las remotas nieves del Pequeño Atlas, cuando sintió acelerados pasos en la escalera y la argentina voz de su mujer, que gritaba gozosamente:

—¡Bonifacio! ¡Bonifacio! ¡Carta de Ugíjar! ¡Carta de tu tío! ¡Y vaya si es gorda!

—¡Hombre! —respondió el maestro de capilla, girando como una esfera o globo terráqueo sobre el punto de su redonda individualidad, que descansaba en el asiento—. ¿Qué santo se habrá empeñado para que mi tío se acuerde de mí? ¡Quince años hace que resido en esta tierra usurpada a Mahoma, y cata aquí la primera vez que me escribe aquel abencerraje, sin embargo de haberle yo escrito cien veces a él! ¡Sin duda me necesita para algo!

Y, dicho esto, abrió la epístola (procurando que no la leyese la Pepa de la posdata), y apareció, crujiente y tratando de arrollarse por sí propio, el amarillento pergamino.

—¿Qué nos envía? —preguntó entonces la mujer, gaditana y rubia por más señas, y muy agraciada y valiente a pesar de sus cuarenta agostos.

—¡Pepita, no seas tan curiosa!... Yo te lo diré, si debo decírtelo, luego que me entere. ¡Mil veces te he advertido que respetes mis cartas!...

—¡Advertencia propia de un libertino como tú! En fin, ¡despacha!, y veremos si yo puedo saber qué papelote te manda tu tío. ¡Parece un billete de Banco del otro mundo!

En tanto que su mujer decía aquellas cosas y otras, el músico leyó la carta, y maravillóse hasta el extremo de ponerse de pie sin esfuerzo alguno.

19

Tenía, sin embargo, tal hábito en disimular, que acertó a decir muy naturalmente:

—¡Qué tontería! ¡Sin duda está ya chocheando aquel mal hombre! ¿Querrás creer que me remite esta hoja de una Biblia en hebreo, para que yo busque algún judío que la compre, imaginándose el muy bobo que darán por ella un dineral? Al mismo tiempo... —añadió para cambiar la conversación y guardándose en la faltriquera la carta y el pergamino—, al propio tiempo... me pregunta con mucho interés si tenemos hijos.

—¡Él no los tiene! —observó vivamente Pepita—. ¡Sin duda piensa dejarnos por herederos!

—¡Más fácil es que al muy avaro se le haya ocurrido heredarnos a nosotros!... Pero ¡calla!: están dando las once, y yo tengo que afinar el órgano para las vísperas de esta tarde... Me voy. Oye, prenda: que la comida esté dispuesta a la una, y que no se te olvide echar dos buenas patatas en el puchero. ¡Que si tenemos hijos!... ¡Vergüenza me da de haber de contestarle que no!

—¡Escucha! ¡Espera! ¡Oye! ¡La culpa no es mía! —contestó como un rayo la parte contraria—. ¡Bien sabes que en mis primeras nupcias tuve un niño muerto!

—¡Ya! ¡Ya! ¡En tus primeras nupcias! ¡Como si eso pudiera servirme de satisfacción! ¡Un día vas a dar lugar a que yo te cuente todas mis habilidades de soltero!

—¡Anda, zambombo, tonel, desagradecido! ¿Quién te habrá amado a ti en el mundo como esta necia, que, con ese barrigón y todo, te considera el hombre más hermoso que Dios ha criado?

—¿Sí? ¿Me has dicho hermoso? ¡Pues mira, Pepa —respondió el artista, pensando seguramente en el pergamino árabe—; si mi tío llega a dejarme por heredero, o yo me hago rico de cualquier otro modo, te juro llevarte a vivir a la plaza de San Antonio de la ciudad de Cádiz, y comprarte más joyas que tiene la Virgen de las Angustias de Granada! Conque hasta luego, pichona.

Y tirando un pellizco en la barba a la que de antemano tenía, ya el hoyo en ella, cogió el sombrero y tomó el camino... no de la catedral, sino de las callejuelas en que suelen vivir las familias moras avecindadas en aquella plaza fuerte.

VI

En la más angosta de dichas callejuelas, y a la puerta de una muy pobre pero muy blanqueada casucha, estaba sentado en el suelo, o más bien sobre sus talones, fumando en pipa de barro secado al Sol, un moro de treinta y cinco a cuarenta años, revendedor de huevos y gallinas, que le traían a las puertas de Ceuta los campesinos independientes de Sierra-Bullones y Sierra-Bermeja, y que él despachaba a domicilio o en el mercado, con una ganancia de ciento por ciento. Vestía chilaba de lana blanca y jaique de lana negra, y llamábase entre los españoles Manos-gordas, y entre los marroquíes Admet-ben-Carime-el-Abdoun.

Tan luego como el moro vio al maestro de capilla, levantóse y salió a su encuentro, haciéndole grandes zalemas; y, cuando estuvieron ya juntos, díjole cautelosamente:

—¿Querer morita? Yo traer mañana cosa meleja; de doce años...

—Mi mujer no quiere más criadas moras... —respondió el músico con inusitada dignidad. Manos-gordas se echo a reír.

—Además... —prosiguió don Bonifacio—, tus endiabladas moritas son muy sucias.

—Lavar —respondió el moro, poniéndose en cruz y ladeando la cabeza—. ¡Te digo que no quiero moritas! —prosiguió don Bonifacio—. Lo que necesito hoy es que tú, que sabes tanto y que por tanto saber eres intérprete de la plaza, me traduzcas al español este documento.

Manos-gordas cogió el pergamino, y a la primera ojeada murmuró:

—Estar moro...

—¡Ya lo creo que es árabe! Pero quiero saber qué dice, y, si no me engañas, te haré un buen regalo... cuando se realice el negocio que confío a tu lealtad.

A todo esto, Admet-ben-Carime había pasado ya la vista por todo el pergamino y puéstose muy pálido.

—¿Ves que se trata de un gran tesoro? —medio afirmó, medio interrogó el maestro de capilla.

—Creer que sí —tartamudeo el mahometano.

—¿Como creer? ¡Tu misma turbación lo dice!

—Perdona... —replicó Manos-gordas sudando a mares—. Haber aquí palabras de árabe moderno, y yo entender. Haber otras de árabe antiguo o literario, y yo no entender.

—¿Qué dicen las palabras que entiendes?

—Decir oro decir perlas, decir maldición de Alah... Pero yo no entender sentido, explicaciones ni señas. Necesitar ver al derwich de Anghera, que estar sabio, y él traducir todo. Llevarme yo pergamino hoy, y traer pergamino mañana, y no engañar ni robar al señor Tudela. ¡Moro jurar!

Así diciendo, cruzó las manos, se las llevo a la boca y las besó fervorosamente.

Reflexionó don Bonifacio: conoció que para descifrar aquel documento tendría que fiarse de algún moro, y que ninguno le era tan conocido ni tan afecto como Manos-gordas, y accedió a dejarle el manuscrito, bien que bajo reiterados juramentos de que al día siguiente estaría de vuelta de Anghera con la traducción, y jurándole él, por su parte, que le entregaría lo menos cien duros cuando fuese descubierto el tesoro.

Despidiéronse el musulmán y el cristiano, y éste se dirigió, no a su casa ni a la catedral, sino a la oficina de un amigo, donde escribió la siguiente carta:

«Señor don Matías de Quesada y Sánchez.

»Alpujarra, Ugíjar.

»Mi queridísimo tío:

»Gracias a Dios que hemos tenido noticias de usted y de tía Encarnación, y que éstas son tan buenas como Josefa y yo deseábamos. Nosotros, querido tío, aunque más jóvenes que ustedes, estamos muy achacosos y cargados de hijos, que pronto se quedarán huérfanos y pidiendo limosna.

»Se burló de usted quien le dijera que el pergamino que me ha enviado contenía las señas de un tesoro. He hecho traducirlo por persona muy competente, y ha resultado ser una carta de blasfemias contra Nuestro Señor Jesucristo, la Santísima Virgen y los santos de la corte celestial, escritas en versos árabes por un perro morisco del marquesado del Cenet durante la rebelión de Aben-Humeya. En vista de semejante sacrilegio, y por consejo del señor Penitenciario, acabo de quemar tan impío testimonio de la perversidad mahometana.

»Memorias a mi tía: recíbanlas ustedes de Josefa, que se halla por décima vez en estado interesante, y mande algún socorro a su sobrino, que está en los huesos por resultas del pícaro dolor de estomago,

»Bonifacio.

»Ceuta, 29 de enero de 1821.»

VII

Al mismo tiempo que el maestro de capilla escribía la precedente carta y la echaba al correo, Admet-ben-Carime-el-Abdoun reunía en un envoltorio no muy grande todo su hato y ajuar, reducidos a tres jaiques viejos, dos mantas de pelo de cabra, un mortero para hacer alcuzcuz, un candil de hierro y una olla de cobre llena de pesetas (que desenterró de un rincón del patinillo de su casa); cargó con todo ello a su única mujer, esclava, odalisca, o lo que fuera, más fea que una mala noticia dicha de pronto y más sucia que la conciencia de su marido, y salióse de Ceuta, diciendo al oficial de guardia de la puerta que da al campo moro que se iban a Fez a mudar de aires por consejo de un veterinario. Y como quiera que esta sea la hora, después de sesenta años y algunos meses de ausencia, que no se haya vuelto a saber de Manos-gordas ni en Ceuta, ni en sus cercanías, dicho se está que don Bonifacio Tudela y González no tuvo el gusto de recibir de sus manos la traducción del pergamino, ni al día siguiente, ni al otro, ni en toda su vida, que por cierto debió ser muy corta, puesto que de informes dignos de crédito aparece que su adorada Pepita se casó en Marbella en terceras nupcias con un tambor mayor asturiano, a quien hizo padre de cuatro hijos como cuatro soles, y era otra vez viuda a la muerte del rey absoluto, fecha en que ganó por oposición en Málaga el título de comadre de parir y el destino de matrona aduanera.

Conque busquemos nosotros a Manos-gordas, y sepamos que fue de él y del interesante pergamino.

VIII

Admet-ben-Carime-el-Abdoun respiró alegremente, y aun hizo alguna zapateta, sin que por eso se le cayesen las mal aseguradas zapatillas, tan luego como se vio fuera de los redoblados muros de la plaza española y con toda el África delante de sí...

Porque África, para un verdadero africano como Manos-gordas, es la tierra de la libertad absoluta; de una libertad anterior y superior a todas las Constituciones e instituciones humanas; de una libertad parecida a la de los conejos no caseros y demás animales de monte, valle o arenal.

África, quiero decir, es la Jauja de los malhechores, el seguro de la impunidad, el campo neutral de los hombres y de las fieras, protegido por el calor y la extensión de los desiertos. En cuanto a los sultanes, reyes y beyes que presumen imperar en aquella parte del mundo, y a las autoridades y mílites que los representan, puede decirse que vienen a ser, para tales vasallos, lo que el cazador para las liebres o para los corzos: un mal encuentro posible, que muy pocos tienen en la vida, y en el cual muere uno o no muere; si muere, tal día hizo un año; y si no muere, con poner mucha tierra por medio no hay que pensar más en el asunto. Sirva esta digresión de advertencia a quien la necesitare, y prosigamos nosotros nuestra relación.

—¡Toma aquí, Zama —dijo el moro a su cansada esposa, como si hablase con una acémila.

Y, en lugar de dirigirse al Oeste, o sea hacia el Boquete de Anghera, en busca del sabio santón, según había dicho a don Bonifacio tomó hacia el Sur, por un barranquillo tapado de malezas y árboles silvestres, que muy luego le llevó al camino de Tetuán, o bien a la borrosa vereda que, siguiendo las ondulaciones de puntas y playas, conduce a Cabo-Negro por el valle del Tarajar, por el de los Castillejos, por Monte-Negro y por las lagunas de Río-Azmir, nombres que todo español bien nacido leerá hoy con amor y veneración, y que entonces no se habían oído pronunciar todavía en España ni en el resto del mundo civilizado.

Llegado que hubieron ben-Carime y Zama al vallecillo del Tarajar, diéronse un punto de descanso a la orilla del arroyuelo de agua potable que lo atraviesa, procedente de las alturas de Sierra-Bullones; y en aquella tan segura y áspera soledad, que parecía recién salida de manos del Criador y no estrenada todavía por el hombre; a la vista de un mar solitario, únicamente surcado, tal o cual noche de Luna, por cárabos de piratas o buques oficiales de Europa encargados de perseguirlos, la mora se puso a lavarse y peinarse, y el moro sacó el manuscrito y volvió a leerlo con tanta emoción como la primera vez.

Decía así el pergamino árabe:

«La bendición de Alah sea con los hombres buenos que lean éstas letras.

»No hay más gloria que la de Alah, de quien Mahoma fue y es, en el corazón de los creyentes, profeta y enviado.

»Los hombres que roban la casa del que está en la guerra o en el destierro viven bajo la maldición de Alah y de Mahoma, y mueren roídos de escarabajos y cucarachas.

»¡Bendito sea, pues, Alah, que crió estos y otros bichos para que se coman a los hombres malos!

»Yo soy el caid Hassan-ben-Jussef, siervo de Alah, aunque malamente he sido llamado don Rodrigo de Acuña por los sucesores de los perros cristianos que, haciéndoles fuerza y violando solemnes capitulaciones, bautizaron con una escoba, a guisa de hisopo, a mis infortunados ascendientes y a otros muchos islamitas de estos reinos.

»Yo soy capitán bajo el estandarte del que, desde la muerte de Aben-Humeya, titúlase legítimamente rey de los andaluces, Muley-Abdalá-Mahamud-aben-Aboó, el cual, si no está ya sentado en el trono de Granada, es por la traición y cobardía con que los moros valencianos han faltado a sus compromisos y juramentos, dejando de alzarse al mismo tiempo que los moros granadinos contra el tirano común; pero de Alah recibirán el pago, y, si somos vencidos nosotros, vencidos serán también ellos y expulsados a la postre de España, sin el mérito de haber luchado hasta última hora en el campo del honor y en defensa de la justicia; y, si somos vencedores, les cortaremos el pescuezo y echaremos sus cabezas a los marranos.

»Yo soy, en fin, el dueño de esta torre y de toda la tierra que hay a su alrededor, hasta llegar por el Occidente al barranco del Zorro y por Oriente al de los Espárragos, el cual debe tal nombre a los muchos y muy exquisitos que cultivó allí mi abuelo Sidi-Jussef-ben-Jussuf.

»La cosa no anda bien. Desde que el mal nacido don Juan de Austria (confúndalo Alah) vino a combatir contra los creyentes, prevemos que por ahora vamos a ser derrotados, sin perjuicio de que, andando los años o las centurias, otro príncipe de la sangre del profeta venga a recobrar el trono de Granada, que ha pertenecido setecientos años a los moros, y volverá a pertenecerles cuando Alah quiera con el mismo título con que lo poseyeron antes vándalos y godos, y antes los romanos, y antes aquellos otros africanos que se llamaban los cartagineses: ¡con el título de la conquista! Pero conozco, vuelvo a decir, que por la presente la cosa anda mal, y que muy pronto tendré que trasladarme a Marruecos con mis cuarenta y tres hijos, suponiendo que los austriacos no me cojan en la primera batalla y me cuelguen de un alcornoque, como yo los colgaría a todos ellos si pudiera.

»Pues bien: al salir de esta torre para emprender la última y decisiva campaña dejo escondidos aquí, en sitio a que no podrá llegar nadie sin topar primero con el presente manuscrito, todo mi oro, toda mi plata, todas mis perlas; el tesoro de mi familia; la hacienda de mis padres, mía y de mis herederos; el caudal de que soy dueño y señor por ley divina y humana, como es del ave la pluma que cría, o como son del niño los dientes que echa con trabajo, o como son de cada mortal los malos humores de cáncer o de lepra que hereda de sus padres.

»¡Detente, por tanto, oh tú, moro, cristiano o judío que, habiéndote puesto a derribar esta mi casa, has llegado a descubrir y leer los renglones que estoy escribiendo! ¡Detente, y respeta el arca de tu prójimo! ¡No pongas la mano en su caudal! ¡No te apoderes de lo ajeno! Aquí no hay nada del fisco, nada de dominio público, nada del Estado. El oro de las minas podrá pertenecer a quien lo descubra, y una parte de él al rey del territorio. Pero el oro fundido y acuñado, el dinero, la moneda, es de su dueño, y nada más que de su dueño. ¡No me robes, pues, mal hombre! ¡No robes a mis descendientes, que ya vendrán, el día que esté escrito, a recoger su herencia! Y si es que buenamente, por casualidad, encuentras mi tesoro, te aconsejo que publiques edictos, llamando y notificando el caso a los causahabientes de Hassan-ben-Jussef; que no es de hombres honestos guardarse los hallazgos cuando estos hallazgos tienen propietario conocido.

»Si así no lo hicieres, ¡maldito seas, con la maldición de Alah y con la mía! ¡Y pártate un rayo! ¡Y quiera Dios que cada una de mis monedas se vuelva en tus manos un escorpión, y cada perla un alacrán! ¡Y que mueran de lepra tus hijos, con los dedos podridos y deshechos, para que no tengan ni tan siquiera el placer de rascarse! ¡Y que todas las mujeres que ames y engordes se diviertan y refocilen con tus esclavos! ¡Y que tu hija la mayor se escape de tu casa con un judío! ¡Y que a ti te metan un palo por mala parte, y te saquen así a la vergüenza, teniéndote en alto hasta que, con el peso de tu cuerpo, el palo salga por encima de la coronilla y quedes patiabierto en el suelo, como indecente rana atravesada por un asador!

»Ya lo sabes, y sépanlo todos, y bendito sea Alah que es Alah.

»Torre de Zoraya, en Aldeire del Cenet, a 15 días del mes de Saphar del año de la hégira 968.

»Hassan-Ben-Jussef.»

IX

Manos-gordas quedó profundamente preocupado con la nueva lectura de este documento, no por las máximas morales y por las espantosas maldiciones que contenía, pues el pícaro había perdido la fe en Alah y en Mahoma de resultas de su frecuente trato con los cristianos y judíos de Tetuán y Ceuta, que, naturalmente, se reían del Corán, sino por creer que su cara, su acento y algún otro signo musulmán de su persona le impedían trasladarse a España, donde se vería expuesto a muerte segura tan luego como cualquier cristiano o cristiana descubriese en él a un enemigo de la Virgen María.

Además, ¿qué apoyo (a juicio de Manos-gordas) podría hallar en las leyes ni en las autoridades de España un extranjero, un mahometano, un semisalvaje, para adquirir la Torre de Zoraya, para hacer excavaciones en ella, para entrar en posesión del tesoro o para no perderlo inmediatamente con la vida?

—¡No hay remedio! —díjose por remate de largas reflexiones—. ¡Tengo que confiarme al renegado ben-Munuza! Él es español, y su compañía me librará de todo peligro en aquella tierra. Pero como no existe bajo la capa del cielo un hombre de peor alma que el tal renegado, no me estará de más tomar algunas precauciones.

Y en virtud de esta cavilación sacó del bolsillo avíos de escribir, redactó una carta, púsole el sobre, pególo con un poco de pan mascado, y echóse a reír de una manera diabólica.

Enseguida fijó los ojos en su mujer, que continuaba haciendo la policía de todo un año a costa de la limpieza física y... moral del malaventurado arroyuelo, y, llamándola por medio de un silbido, dignóse hablarle de este modo:

—Cara de higo chumbo, siéntate a mi lado y óyeme... Luego acabarás de lavarte, que bien lo necesitas, y puede que entonces te juzgue merecedora de algo mejor que la paliza diaria con que te demuestro mi cariño. Por de pronto, sinvergüenzona, déjate de monadas y entérate bien de lo que voy a decirte.

La mora, que, lavada y peinada, resultaba más joven y artística, aunque no menos fea que antes, se relamió como una gata, clavó en Manos-gordas los dos carbunclos que le servían de ojos, y díjole mostrando sus blanquísimos y anchos dientes, que nada tenían de humanos:

—Habla, mi señor, que tu esclava solo desea servirte.

Manos-gordas continuó:

—Si desde este momento en adelante llega a ocurrirme alguna desgracia, o desaparezco del mundo sin haberme despedido de ti, o, habiéndome despedido, no tienes noticias mías en seis semanas, procura volver a entrar en Ceuta y echa esta carta al correo. ¿Te has enterado bien, cara de mona?

Zama rompió a llorar, y exclamó:

—¡Admet! ¿Piensas dejarme?

—¡No rebuznes, mujer! —contestó el moro—. ¿Quién habla ahora de eso? ¡Demasiado sabes que me gustas y que me sirves! Pero de lo que ahora se trata es de que te hayas enterado bien de mi encargo...

—¡Trae! —dijo la mora, apoderándose de la carta, abriéndose el justillo y colocándola entre él y su gordo y pardo seno, al lado del corazón—. Si algo malo llega a sucederte, esta carta caerá en el correo de Ceuta, aunque después caiga yo en la sepultura.

Aben-Carime sonrió humanamente al oír aquellas palabras, y dignóse mirar a su mujer como a una persona.

X

Mucho y muy regaladamente debió de dormir aquella noche el matrimonio agareno entre los matorrales del camino, pues no serían menos de las nueve de la siguiente mañana cuando llegó al pie de Cabo-Negro.

Hay allí un aduar de pastores y labriegos árabes, llamado «Medik», compuesto de algunas chozas, de un morabito o ermita mahometana y de un pozo de agua potable, con su brocal de piedra y su acetre de cobre, como los que figuran en algunas escenas bíblicas.

El aduar se hallaba completamente solo en aquel momento. Todos sus habitantes habían salido ya con el ganado o con los aperos de labor a los vecinos montes y cañadas.

—Espérame aquí... —dijo Manos-gordas a su mujer—. Yo voy a buscar a ben-Munuza, que debe de hallarse al otro lado de aquel cerro arando los pobres secanos que allí posee.

—¡Ben-Munuza! —exclamo Zama con terror—. ¡El renegado de quien me has dicho...!

—Descuida... —interrumpió Manos-gordas—. ¡Hoy puedo yo más que él! Dentro de un par de horas estaré de vuelta, y verás como se viene detrás de mí con la humildad de un perro. Esta es su choza... Aguárdanos en ella, y haznos una buena ración de alcuzcuz con el maíz y la manteca que hallarás a mano. ¡Ya sabes que me gusta muy recocido! ¡Ah!, se me olvidaba... Si ves que anochece y no he bajado, sube tú; y si no me hallas en la otra ladera del cerro o me hallas cadáver, vuélvete a Ceuta y echa la carta al correo... Otra advertencia: suponiendo que sea mi cadáver lo que encuentres, regístrame, a ver si ben-Munuza me ha robado o no este pergamino... Si me lo ha robado, vuélvete de Ceuta a Tetuán, y denuncia a las autoridades el asesinato y el robo. ¡No tengo más que decirte! Adiós.

La mora se quedo llorando a lágrima viva, y Manos-gordas tomó la senda que llevaba a la cumbre del inmediato cerro.

XI

Pasada la cumbre, no tardó en descubrir en la cañada próxima a un corpulento moro vestido de blanco, el cual araba patriarcalmente la negruzca tierra con auxilio de una hermosa yunta de bueyes. Parecía aquel hombre la estatua de la paz tallada en mármol. Y, sin embargo; era el triste y temido renegado ben Munuza, cuya historia os causará espanto cuando la conozcáis.

Contentaos por lo pronto con saber que tendría cuarenta años, y que era rudo, fuerte, ágil y de muy lúgubre fisonomía, bien que sus ojos fuesen azules como el cielo, y rubias sus barbas como aquel Sol de África que había dorado a fuego la primitiva blancura europea de su semblante.

—¡Buenos días, Manos-gordas! —gritó en castellano el antiguo español, tan luego como divisó al marroquí.

Y su voz expresó la alegría melancólica propia del extranjero que halla ocasión de hablar la lengua patria.

—¡Buenos días, Juan Falgueira! —respondió sarcásticamente ben-Carime.

El renegado tembló de pies a cabeza al oír semejante saludo, y sacó del arado la reja de hierro como para defender su vida.

—¿Qué nombre acabas de pronunciar? —añadió luego, avanzando hacia Manos-gordas.

Éste lo aguardaba riéndose, y le respondió en árabe, con un valor de que nadie le hubiera creído capaz:

—He pronunciado... tu verdadero nombre, el nombre que llevabas en España cuando eras cristiano, y que yo conozco desde que estuve en Orán hace tres años...

—¿En Orán?

—¡En Orán, sí, señor!... ¿Qué tiene eso de extraordinario? De allí habías venido tú a Marruecos, y allí fui yo a comprar gallinas. Allí pregunté tu historia, dando tus señas, y allí me la contaron varios españoles. Supe, por tanto, que eras gallego, que te llamabas Juan Falgueira, y que te habías escapado de la Cárcel Alta de Granada, donde estabas ya en capilla para ir a la horca por resultas de haber robado y dado muerte, hace quince años, a unos señores a quienes servías en clase de mulero... ¿Dudarás ahora de que te conozco perfectamente?

—Dime, alma mía... —respondió el renegado con voz sorda y mirando a su alrededor—, ¿y has contado eso a algún marroquí? ¿Lo sabe alguien más que tú en esta condenada tierra? Porque es el caso que yo quiero vivir en paz, sin que nadie ni nada me recuerde aquella mala hora, que harto he purgado. Soy pobre; no tengo familia, ni patria, ni lengua, ni el Dios que me crió. Vivo entre enemigos, sin más capital que estos bueyes y que esos secanos, comprados a fuerza de diez años de sudores... Por consiguiente, haces muy mal en venir a decirme...

—¡Espera! —respondióle muy alarmado Manos-gordas—. No me eches esas miradas de lobo, que vengo a hacerte un gran favor, y no a ofenderte por mero capricho. ¡A nadie he contado tu desgraciada historia! ¿Para qué? ¡Todo secreto puede ser un tesoro, y quien lo cuenta se queda sin él! Hay, empero, ocasiones en que se hacen cambios de secretos sumamente útiles. Por ejemplo: yo te voy a contar un importante secreto mío, que te servirá como de fianza del tuyo, y que nos obligará a ser amigos toda la vida...

—Te oigo. Concluye... —respondió calmosamente el renegado.

Aben-Carime leyóle entonces el pergamino árabe, que Juan Falgueira oyó sin pestañear y como enojado, visto lo cual por el moro, y a fin de acabar de atraerse su confianza, le reveló también que había robado aquel documento a un cristiano de Ceuta...

El español se sonrió ligeramente al pensar en el mucho miedo que debía de tenerle el mercader de huevos y de gallinas cuando le contaba sin necesidad aquel robo, y, animado el pobre Manos-gordas con la sonrisa de ben-Munuza, entró al fin en el fondo del asunto, hablando de la siguiente manera:

—Supongo que te has hecho cargo de la importancia de este documento y de la razón por que te lo he leído. Yo no sé dónde está la Torre de Zoraya, ni Aldeire, ni el Cenet: yo no sabría ir a España, ni caminar por ella; y, además, allí me matarían por no ser cristiano, o, cuando menos, me robarían el tesoro antes o después de descubierto. Por todas estas razones necesito que me acompañe un español fiel y leal, de cuya vida sea yo dueño y a quien pueda hacer ahorcar con media palabra; un español, en fin, como tú, Juan Falgueira, que, después de todo, nada adelantaste con robar ni matar, pues trabajas aquí como un asno, cuando con los millones que voy a proporcionarte podrás irte a América, a Francia, a la India, y gozar, y triunfar, y subir tal vez hasta rey. ¿Qué te parece mi proyecto?

—Que está bien hilado, como obra de un moro... —respondió ben-Munuza, de cuyas recias manos, cruzadas sobre la rabadilla, pendía, balanceándose, la barra de hierro a la manera de la cola de un tigre.

Manos-gordas se sonrió ufanamente, creyendo aceptada su proposición.

—Sin embargo... —añadió después el sombrío gallego—. Tú no has caído en una cuenta...

—¿En cuál? —preguntó cómicamente ben-Carime, alzando mucho la cara y no mirando a parte alguna, como quien se dispone a oír sandeces y majaderías.

—¡Tú no has caído en que yo sería tonto de capirote si me marchase contigo a España a ponerte en posesión de medio tesoro, contando con que tú me pondrías a mí en posesión del otro medio! Lo digo porque no tendrías más que pronunciar media palabra el día que llegásemos a Aldeire y te creyeses libre de peligros, para zafarte de mi compañía y de darme la mitad de las halladas riquezas... ¡En verdad que no eres tan listo como te figuras, sino un pobre hombre, digno de lástima, que te has metido en un callejón sin salida al descubrirme las señas de ese gran tesoro y decirme al mismo tiempo que conoces mi historia, y que, si yo fuera contigo a España, serías dueño absoluto de mi vida!... Pues ¿para qué te necesito yo a ti? ¿Qué falta me hace tu ayuda para ir a apoderarme del tesoro entero? ¿Ni qué falta me haces en el mundo? ¿Quién eres tú, desde el momento en que me has leído ese pergamino, desde el momento en que puedo quitártelo?

—¿Qué dices? —grito Manos-gordas, sintiendo de pronto circular por todos sus huesos el frío de la muerte.

—No digo nada... ¡Toma! —respondió Juan Falgueira, asestando un terrible golpe con la barra del hierro sobre la cabeza de ben-Carime, el cual rodó en tierra, echando sangre por ojos, narices y boca, y sin poder articular palabra...

El desgraciado estaba muerto.

XII

Tres o cuatro semanas después de la muerte de Manos-gordas, el veinti-tantos de febrero de 1821, nevaba si había que nevar en la villa de Aldeire y en toda la elegantísima sierra andaluza a que la propia nieve da vida y nombre.

Era domingo de Carnaval, y la campana de la iglesia llamaba por cuarta vez a misa, con su voz delgada y pura como la de un niño, a los ateridos cristianos de aquella feligresía, demasiado próxima al cielo, los cuales no se resignaban fácilmente, en día tan crudo y desapacible, a dejar la cama o a separarse de los tizones, alegando acaso, como pretexto, que «los días de Carnestolendas no se debe rendir culto a Dios, sino al diablo».

Algo semejante decía por lo menos el tío Juan Gómez a su piadosa mujer, la señá Torcuata, defendiéndose, en el rincón del fuego, de los argumentos conque nuestra, amiga le rogaba que no bebiera más aguardiente, ni comie-se más roscos, sino que la acompañase a misa, a fuer de buen cristiano, sin miedo alguno a las críticas del maestro de escuela y demás electores libe-rales; y muy enredada estaba la disputa, cuando cata aquí que entró en la cocina el tío Jenaro, mayoral de los pastores de su merced, y dijo quitándose el sombrero y rascándose la cabeza, todo de un solo golpe:

—¡Buenos días nos dé Dios, señor Juan y señá Torcuata! Ya se harán ustedes cargo de que algo habrá sucedido por allá arriba para que yo baje por aquí con tan mal tiempo, no tocándome oír misa este domingo. ¿Como va de salud?

—¡Vaya! ¡Vaya! ¡No espero más! —exclamó la mujer del alcalde, cruzán-dose la mantilla con violencia—. ¡Estaría de Dios que hoy echases la misa en el puchero! ¡Ya tienes ahí conversación y copas para todo el día, sobre si las cabras están preñadas o sobre si los borregos han echado cuernos! ¡Te condenarás, Juan; te condenarás si no haces pronto las paces con la Iglesia, dejando la maldita alcaldía!

Marchado que se hubo la señá Torcuata, el alcalde alargó un rosco y una copa al mayoral, y le dijo:

—¡Simplezas de mujeres, tío Jenaro! Arrímese usted a la lumbre y hable. ¿Qué ocurre por allá arriba?

—¡Pues nada!; que ayer tarde el cabrero Francisco vio que un hombre, vestido a la malagueña, con pantalón largo y chaquetilla de lienzo, y liado en una manta de muestra, se había metido en el corral nuevo por la parte que todavía no tiene tapia, y rondaba la Torre del moro, estudiándola y midiéndola como si fuese un maestro de obras. Preguntóle Francisco qué significaba aquello, y el forastero le interrogo a su vez quién era el dueño de la torre, y como Francisco le dijese que nada menos que el alcalde del pueblo, repuso que él hablaría a la noche con su merced y le explicaría sus planes. Llegó presto la noche, y el hombre hizo como que se marchaba, con lo que el cabrero se encerró en su choza, que, como sabe usted, dista poco de allí. Dos horas después de oscurecer enteramente notó el mismo Francisco que en la torre sonaban ruidos muy raros y se veía luz, lo cual le llenó de tal miedo, que ni tan siquiera se atrevió a ir a mi choza a avisarme; cosa que hizo en cuanto fue de día, refiriéndome el lance de ayer tarde y advirtiéndome que los tales ruidos habían durado toda la noche. Como yo soy viejo, y he servido al rey, y me asusto de pocas cosas, me plantifiqué enseguida en la Torre del moro acompañado de Francisco, que iba temblando, y encontramos al forastero liado en su manta y durmiendo en un cuartucho del piso bajo, que tiene todavía su bóveda de hormigón. Desperté al sospechoso personaje, y le reconvine por haber pasado la noche en la casa ajena sin la voluntad de su dueño; a lo que me respondió que aquello no era casa, sino un montón de escombros, donde bien podía haberse albergado un pobre caminante en noche de nieves, y que estaba dispuesto a presentarse a usted, y a explicarle quién era y todas sus operaciones y pensamientos. Le he hecho, pues, venir conmigo, y en la puerta del corral aguarda, acompañado del cabrero, a que usted le dé licencia para entrar...

—¡Que entre! —respondió el tío Hormiga, levantándose muy alterado por habérsele ocurrido, desde las primeras palabras del mayoral, que todo aquello tenía bastante que ver con el célebre tesoro, a cuyo hallazgo por sus solos esfuerzos había renunciado su merced hacía una semana, después de arrancar antes inútilmente muchas y muy pesadas piedras de sillería.

XIII

Tenemos ya cara a cara y solos al tío Juan Gómez y al forastero.

—¿Cómo se llama usted? —interrogó el primero al segundo con todo el imperio de un alcalde de monterilla y sin invitarle a que se sentara.

—Llámome Jaime Olot —respondió el hombre misterioso.

—¡Su habla de usted no me parece de esta tierra... ¿Es usted inglés?

—Soy catalán.

—¡Hombre! ¡Catalán!... Me parece bien. Y... ¿qué le trae a usted por aquí? Sobre todo, ¿qué diablos de medidas tomaba usted ayer en mi torre?

—Le diré a usted. Yo soy minero de oficio, y he venido a buscar trabajo a esta tierra, famosa por sus minas de cobre y plata. Ayer tarde, al pasar por la Torre del moro, vi que con las piedras de ella extraídas estaban construyendo una tapia, que aun sería necesario derribar o arrancar otras muchas para terminar el cercado... Yo me pinto solo en esto de demoler, ya sea dando barrenos, ya por medio de mis propios puños, pues tengo más fuerza que un buey, y ocurrióseme la idea de tomar a mi cargo, por contrata, la total destrucción de la torre y el arranque de sus cimientos, suponiendo que llegase a entenderme con el propietario.

El tío Hormiga guiñó sus ojillos grises, y respondió con mucha sorna:

—Pues, señor, no me conviene la contrata.

—Es que haré todo ese trabajo por muy poco precio, casi de balde...

—¡Ahora me conviene mucho menos!

El llamado Jaime Olot paró mientes en la soflama del tío Juan Gómez, y miróle a fondo como para adivinar el sentido de aquella rara contestación; pero, no logrando leer nada en la fisonomía zorruna de su merced, parecióle oportuno añadir con fingida naturalidad:

—Tampoco dejaría de agradarme recomponer parte de aquel antiguo edificio y vivir en él cultivando el terreno que destina usted a corral de ganado. ¡Le compro a usted, pues, la Torre del moro y el secano que la circunda!

—No me conviene vender —respondió el tío Hormiga.

—¡Es que le pagaré a usted el doble de lo que aquello valga! —observó enfáticamente el que se decía catalán.

—¡Por esta razón me conviene menos! —replicó el andaluz con tan insultante socarronería, que su interlocutor dio un paso atrás como quien conoce que pisa terreno falso.

Reflexionó, pues, un momento, pasado el cual alzó la cabeza con entera resolución, echó los brazos a la espalda y dijo, riéndose cínicamente:

—¡Luego sabe usted que en aquel terreno hay un tesoro!

El tío Juan Gómez se agachó, sentado como estaba; y, mirando al catalán de abajo arriba, exclamó donosísimamente:

—¡Lo que me choca es que lo sepa usted!

—¡Pues mucho más le chocaría si le dijese que soy yo el único que lo sabe de cierto!

—¿Es decir que conoce usted el punto fijo en que se halla sepultado el tesoro?

—Conozco el punto fijo, y no tardaría veinticuatro horas en desenterrar tanta riqueza como allí duerme a la sombra...

—Según eso, ¿tiene usted cierto documento?...

—Sí, señor: tengo un pergamino del tiempo de los moros, de media vara en cuadro en que todo esto se explica...

—Dígame usted, ¿y ese pergamino?...

—No lo llevo sobre mi persona, ni hay para qué, supuesto que me lo sé de memoria al pie de la letra en español y en árabe... ¡Oh! ¡No soy yo tan bobo que me entregue nunca con armas y bagajes! Así es que antes de presentarme en estas tierras escondí el pergamino... donde nadie más que yo podrá dar con él.

—¡Pues entonces no hay más que hablar! Señor Jaime Olot, entendámonos como dos buenos amigos... —exclamó el alcalde, echando al forastero una copa de aguardiente.

—¡Entendámonos! —repitió el forastero, sentándose sin más permiso y bebiéndose la copa en toda regla.

—Dígame usted —continuó el tío Hormiga— y dígamelo sin mentir, para que yo me acostumbre a creer en su formalidad...

—Vaya usted preguntando, que yo me callaré cuando me convenga ocultar alguna cosa.

—¿Viene usted de Madrid?

—No, señor. Hace veinticinco años que estuve en la corte por primera y última vez.

—¿Viene usted de Tierra Santa?

—No, señor. No me da por ahí.

—¿Conoce usted a un abogado de Ugíjar llamado don Matías de Quesada?

—No, señor; yo detesto a los abogados y a toda la gente de pluma.

—Pues, entonces ¿cómo ha llegado a poder de usted ese pergamino? — Jaime Olot guardó silencio.

—¡Eso me gusta! ¡Veo que no quiere usted mentir! —exclamó el alcalde—. Pero también es cierto que don Matías de Quesada me engañó como a un chino, robándome dos onzas de oro, y vendiendo luego aquel documento a alguna persona de Melilla o de Ceuta... ¡Por cierto que, aunque usted no es moro, tiene facha de haber estado por allá!

—¡No se fatigue usted ni pierda el tiempo! Yo le sacaré a usted de dudas. Ese abogado debió de enviar el manuscrito a un español de Ceuta, al cual se lo robó hace tres semanas el moro que me lo ha traspasado a mí...

—¡Toma! ¡Ya caigo! Se lo enviaría a un sobrino que tiene de músico en aquella catedral..., a un tal Bonifacio de Tudela...

—Puede ser.

—¡Pícaro don Matías! ¡Estafar de ese modo a su compadre! ¡Pero véase como la casualidad ha vuelto a traer el pergamino a mis manos!...

—Dirá usted a las mías... —observó el forastero.

—¡A las nuestras! —replicó el alcalde, echando más aguardiente—. Pues, señor, ¡somos millonarios! Partiremos el tesoro mitad por mitad, dado que ni usted puede excavar en aquel terreno sin mi licencia, ni yo puedo hallar el tesoro sin auxilio del pergamino que ha llegado a ser de usted; es decir, que la suerte nos ha hecho hermanos. ¡Desde hoy vivirá usted en mi casa! ¡Vaya otra copa! Y, enseguidita que almorcemos, daremos principio a las excavaciones...

Por aquí iba la conferencia cuando la señá Torcuata volvió de misa. Su marido le refirió todo lo que pasaba y le hizo la presentación del señor Jaime Olot. La buena mujer oyó con tanto miedo como alegría la noticia de que el tesoro estaba a punto de aparecer; santiguóse repetidas veces al enterarse de la traición y vileza de su compadre don Matías de Quesada, y miró con susto al forastero, cuya fisonomía le hizo presentir grandes infortunios.

Sabedora, en fin, de que tenía que dar de almorzar a aquel hombre, entró en la despensa a sacar de lo más precioso y reservado que contenía, o sea lomo en adobo y longaniza de la reciente matanza, no sin decirse mientras destapaba las respectivas orzas:

—¡Tiempo es de que aparezca el tesoro; pues, entre si parece o no parece, nos lleva de coste los 32 duros de la famosa jícara de chocolate, la antigua amistad del compadre don Matías, estas hermosas tajadas, que tan ricas habrían estado con pimientos y tomates en el mes de agosto, y el tener de huésped a un forastero de tan mala cara! ¡Malditos sean los tesoros, y las minas, y los diablos, y todo lo que está debajo de tierra, menos el agua y los fieles difuntos!

XIV

Pensando estaba así la señá Torcuata, y ya se dirigía a las hornillas con una sartén en cada mano, cuando se oyeron sonar en la calle gritos y silbidos de viejas y chicuelos, y voces de gentes más formal, que decían:

—¡Señor alcalde, abra usted la puerta! ¡La justicia de la ciudad está entrando en el pueblo con mucha tropa!

Jaime Olot se puso más amarillo que la cera al oír aquellas palabras, y dijo, cruzando las manos:

—¡Escóndame usted, señor alcalde! ¡De lo contrario, no tendremos tesoro! ¡La justicia viene en mi busca!

—¿En busca de usted? ¿Por qué razón? ¿Es usted algún criminal?

—¡Bien lo decía yo! —gritó la tía Torcuata—. ¡De esa cara triste no podía venir nada bueno! ¡Todo eso es cosa de Lucifer!

—¡Pronto! ¡Pronto! —añadió el forastero—. ¡Sáqueme usted por la puerta del corral!

—¡Bien! Pero déme usted antes las señas del tesoro... —expuso el tío Hormiga.

—Señor alcalde... —seguían diciendo los que llamaban a la puerta—, ¡abra usted! ¡El pueblo está cercado! ¡Parece que buscan a ese hombre que hablaba con usted hace una hora!...

—¡Abrid al juzgado de primera instancia! —gritó por último una voz imperiosa, acompañada de fuertes golpes dados a la puerta.

—¡No hay remedio! —dijo el alcalde, yendo a abrir, mientras que el forastero se encaminaba por la otra puerta en busca del corral.

Pero el mayoral y el cabrero, advertidos de todo, le cerraron el paso, y entre ellos y los soldados, que ya penetraban también por aquella puerta, le cogieron y ataron sin contratiempo alguno, aunque aquel diablo de hombre desplegó en la lucha las fuerzas y la agilidad de un tigre.

El alguacil del juzgado, a cuyas órdenes iban un escribano y veinte soldados de infantería, contaba entre tanto al despavorido alcalde las causas y fundamentos de aquella prisión tan aparatosa.

—Ese hombre —decía— con quien usted estaba encerrado... no sé por qué, hablando de no sé qué asunto, es el célebre gallego Juan Falgueira, que degolló y robó, hace quince años, a unos señores de quienes era mulero, en cierta casería de la vega de Granada, y que se escapó de la capilla la víspera de la ejecución, vestido con el hábito del fraile que le auxiliaba, a quien dejó allí medio estrangulado. El mismísimo rey (q. D. g.) recibió hace quince días una carta de Ceuta, firmada por un moro llamado Manosgordas, en que le decía que Juan Falgueira, después de haber residido largo tiempo en Orán y otros puntos de África, iba a embarcarse para España, y que sería fácil echarle mano en Aldeire del Cenet, donde pensaba comprar una torre de moros y dedicarse a la minería... Al propio tiempo, el cónsul español en Tetuán escribía a nuestro gobierno participándole que una mora llamada Zama se le había presentado quejándose de que el renegado español ben-Munuza, antes Juan Falgueira, acababa de embarcarse para España después de asesinar al moro Manos-gordas, marido de la querellante, y de haberle robado cierto precioso pergamino... Por todo ello y muy principalmente por el atentado, contra el fraile en la capilla, S. M. el rey ha recomendado con particular encarecimiento a la Chancillería de Granada la captura del tal facineroso y su inmediata ejecución en aquella misma capital.

Imagínese el que leyere el espanto y asombro de todos los que oyeron esta relación, así como la angustia del tío Hormiga, a quien no podía caber ya duda de que el pergamino estaba en poder de aquel hombre ¡sentenciado a muerte!

Atrevióse, pues, el codicioso alcalde, aun a riesgo de comprometerse más de lo que ya estaba, a llamar a un lado a Juan Falgueira y a hablarle al oído, bien que anunciando antes al concurso que iba a ver si lograba que confesase a Dios y a los hombres sus delitos. Pero lo que hablaron en realidad ambos socios fue lo siguiente:

—¡Compadre! —dijo el tío Hormiga—. ¡Ni la Caridad lo salva a usted! Pero ya conoce que será lástima que ese pergamino se pierda... ¡Dígame dónde lo ha escondido!

—¡Compadre! —respondió el gallego—. Con ese pergamino, o sea con el tesoro que representa, pienso yo negociar mi indulto. Proporcióneme usted la Real gracia, y le entregaré el documento; pero, por lo pronto, se lo ofreceré a los jueces para que declaren que mi crimen ha prescrito en estos quince años de expatriación...

—¡Compadre! —replicó el tío Hormiga—, es usted un sabio, y celebraré que le salgan bien todos sus planes. Pero, si fracasan, ¡por Dios le pido que no se lleve a la tumba un secreto que no aprovechará a nadie!

—¡Vaya si me lo llevaré! —contestó Juan Falgueira—. ¡De algún modo me he de vengar del mundo!

—¡Vamos andando! —gritó en esto el alguacil, poniendo término a aquella curiosa conferencia.

Y, cargado que fue de grillos y esposas el condenado a muerte, salieron con él los curiales y los soldados en dirección a la ciudad de Guadix, de donde habían de conducirlo a la de Granada.

—¡El demonio! ¡El demonio! —seguía diciendo la mujer del tío Juan Gómez una hora después, al colocar de nuevo el lomo y la longaniza en sus respectivas orzas—. ¡Malditos sean todos los tesoros habidos y por haber!

XV

Excusado es decir que ni el tío Hormiga halló medio de negociar el indulto de Juan Falgueira, ni los jueces se rebajaron a oír seriamente los ofrecimientos que éste les hizo de un tesoro por que sobreseyesen su causa, ni el terrible gallego accedió a revelar el paradero del pergamino ni el sitio del tesoro al impertérrito alcalde de Aldeire, quien, con tal pretensión, tuvo todavía estómago para ir a visitarlo a la capilla en la Cárcel Alta de Granada.

Ahorcaron, pues, a Juan Falgueira el Viernes de Dolores en el Paseo del Triunfo, y regresado que hubo a Aldeire el tío Hormiga el Domingo de Ramos, cayó enfermo con calentura tifoidea, agravándose de tal modo en pocos días, que el Miércoles Santo se confesó e hizo testamento, y expiró el Sábado de Gloria por la mañana.

Pero antes de morir mandó poner una carta a don Matías de Quesada, reconviniéndole por su traición y latrocinio (que había dado lugar a que tres hombres perdiesen la vida) y perdonándole cristianamente, a condición de que devolviese a la señá Torcuata los 32 duros de la jícara de chocolate.

Llegó está formidable carta a Ujígar al mismo tiempo que la noticia de la muerte del tío Juan Gómez; todo lo cual afectó por tal extremo al viejo abogado, que no volvió a echar más luz, y murió de allí a poco, no sin escribir a última hora una terrible epístola, llena de insultos y maldiciones, a su sobrino el maestro de la capilla de la Catedral de Ceuta, acusándole de haberle engañado y robado y de ser causa de su muerte.

De la lectura de tan justificada y tremenda acusación dicen que originó la apoplejía fulminante que llevó al sepulcro a don Bonifacio.

Por manera que solamente los barruntos de la existencia de un tesoro fueron causa de cinco muertes y de otras desventuras, quedando a la postre las cosas tan ignoradas y ocultas como estaban al principio, puesto que la señá Torcuata, única persona que ya sabía en el mundo la historia del fatal pergamino, guardóse muy bien de volver a mentarlo en toda su vida, por juzgar que todo aquello había sido obra del diablo y consecuencia necesaria del trato de su marido con los enemigos del Altar y del Trono.

Preguntará el lector: ¿cómo es que nosotros, sabedores de que el tesoro está allí escondido, no hemos ido a desenterrarlo y apoderarnos de él? Y a esto le responderemos que la curiosísima historia del hallazgo y empleo de aquellas riquezas, con posterioridad a la muerte de la señá Torcuata, nos es también perfectamente conocida, y que tal vez la refiramos, andando el tiempo, si llega a nuestra noticia que el público tiene interés en leerla.

Valdemoro, 6 de julio de 1881

Libros a la carta

A la carta es un servicio especializado para

empresas,

librerías,

bibliotecas,

editoriales

y centros de enseñanza;

y permite confeccionar libros que, por su formato y concepción, sirven a los propósitos más específicos de estas instituciones.

Las empresas nos encargan ediciones personalizadas para marketing editorial o para regalos institucionales. Y los interesados solicitan, a título personal, ediciones antiguas, o no disponibles en el mercado; y las acompañan con notas y comentarios críticos.

Las ediciones tienen como apoyo un libro de estilo con todo tipo de referencias sobre los criterios de tratamiento tipográfico aplicados a nuestros libros que puede ser consultado en Linkgua-ediciones.com.

Linkgua edita por encargo diferentes versiones de una misma obra con distintos tratamientos ortotipográficos (actualizaciones de carácter divulgativo de un clásico, o versiones estrictamente fieles a la edición original de referencia).

Este servicio de ediciones a la carta le permitirá, si usted se dedica a la enseñanza, tener una forma de hacer pública su interpretación de un texto y, sobre una versión digitalizada «base», usted podrá introducir interpretaciones del texto fuente. Es un tópico que los profesores denuncien en clase los desmanes de una edición, o vayan comentando errores de interpretación de un texto y esta es una solución útil a esa necesidad del mundo académico.

Asimismo publicamos de manera sistemática, en un mismo catálogo, tesis doctorales y actas de congresos académicos, que son distribuidas a través de nuestra Web.

El servicio de «libros a la carta» funciona de dos formas.

1. Tenemos un fondo de libros digitalizados que usted puede personalizar en tiradas de al menos cinco ejemplares. Estas personalizaciones pueden ser de todo tipo: añadir notas de clase para uso de un grupo de estudiantes,

introducir logos corporativos para uso con fines de marketing empresarial, etc. etc.

2. Buscamos libros descatalogados de otras editoriales y los reeditamos en tiradas cortas a petición de un cliente.

www.ingramcontent.com/pod-product-compliance
Lightning Source LLC
Chambersburg PA
CBHW021939170626
46807CB00007B/3191